Angoulême
1843

Klopstock. Richter, J. P.

Hermann

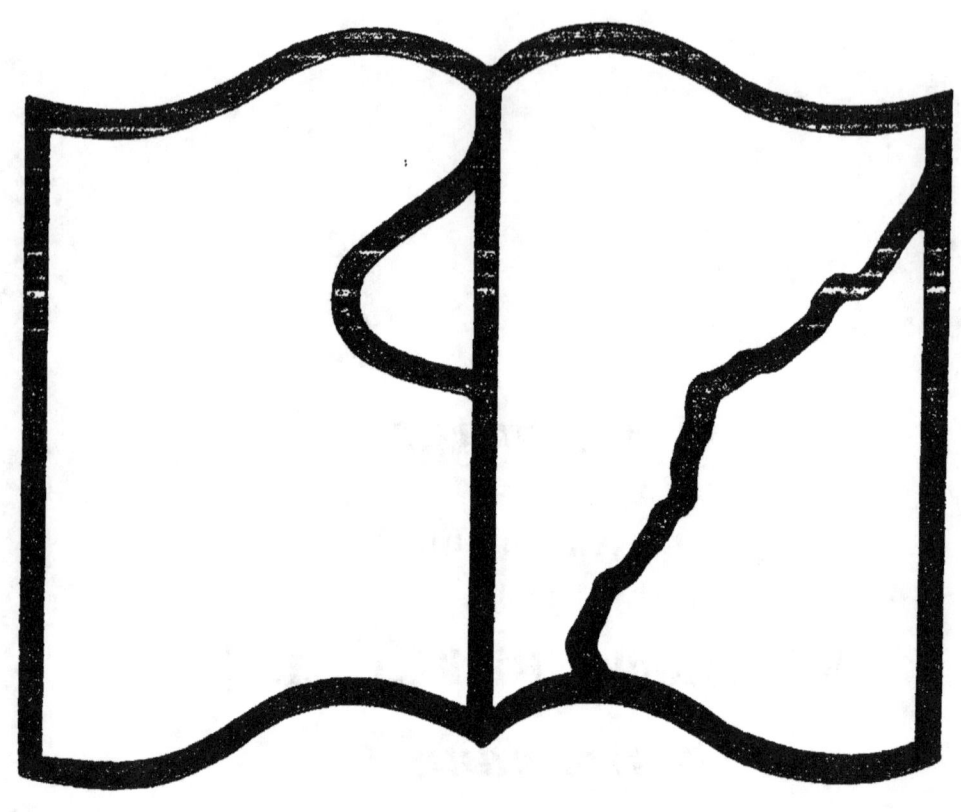

**Symbole applicable
pour tout, ou partie
des documents microfilmés**

Texte détérioré — reliure défectueuse

NF Z 43-120-11

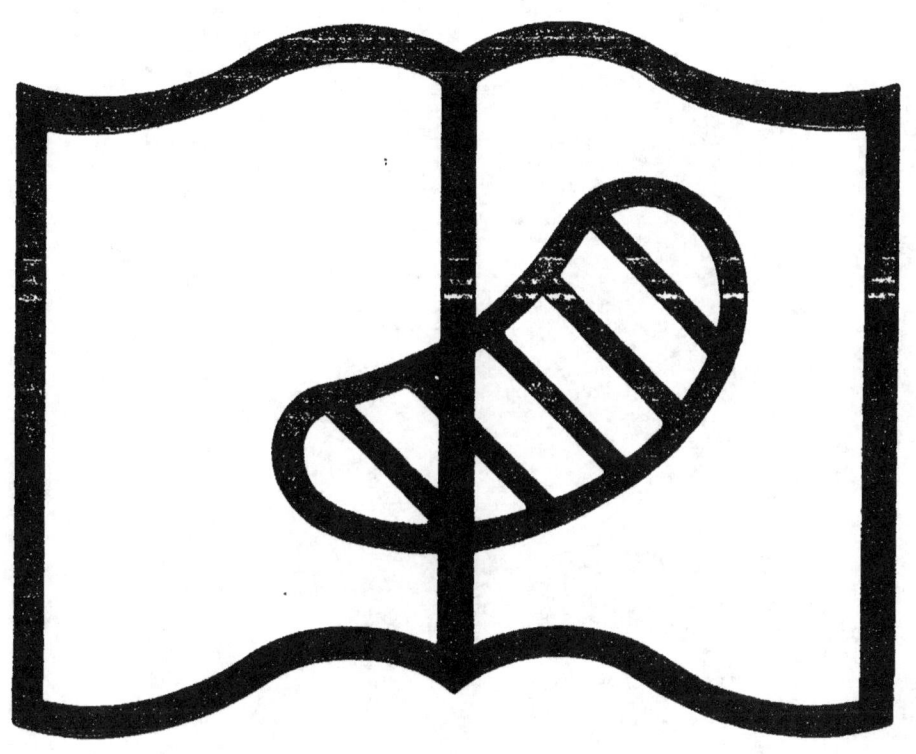

Symbole applicable
pour tout, ou partie
des documents microfilmés

Original illisible

NF Z 43-120-10

HERMANN

Poème imité de Klopstock,

SUIVI DU SONGE DE J. PAUL RICHTER, IMITÉ EN VERS FRANÇAIS ET DE
L'AMOUR ET LA FORTUNE,

POÈME HÉROÏ-COMIQUE ;

Par M. Charles de Lambertie.

ANGOULÊME,

IMPRIMERIE DE FRÉDÉRIC SOULIÉ,

Place du Mûrier, N° 2.

—

1843.

HERMANN,

POÈME IMITÉ DE KLOPSTOCK.

HERMANN,

POÈME IMITÉ DE KLOPSTOCK,

SUIVI DU SONGE DE J. PAUL RICHTER, IMITÉ EN VERS FRAN-
ÇAIS ET DE L'AMOUR ET LA FORTUNE,

Poème héroï-comique :

Par M. Charles de Lambertie.

ANGOULÊME,

IMPRIMERIE DE FRÉDÉRIC SOULLIÉ, PLACE DU MURIER, N° 1.

1843

PRÉFACE.

Aujourd'hui, que la littérature Allemande est à la mode ; que le Werter et le Faust, ces créations d'une imagination en délire, viennent orner les rayons de nos bibliothèques; aujourd'hui que l'esprit torturé par le besoin d'inventer, appelle à son secours les richesses poétiques de l'Orient et de la Germanie; je crois être agréable aux littérateurs de mon époque, en consacrant

mes efforts à hâter ce grand accouchement
intellectuel. Déjà, dans Maïna, en répen-
dant sur mes descriptions quelques fleurs
de la terre de l'aurore ; en tâchant d'im-
prégner mes pinceaux de ce vrai colo-
ris, qui manque toujours sur la palette
du poète dont les regards n'ont pas salué
sa brillante nature ; en montrant le paradis de Vistnou tout étincelant d'Apsaras
et de Génies; en appelant l'attention, dis-
je, sur tous les trésors que recouvre la
transparence de son beau ciel; j'ai voulu
montrer quel devait-être le charme des
productions indigènes. La beauté des cérémonies religieuses de l'Inde m'avait frappé;
j'ai voulu les mettre en action ; j'ai réalisé
(quoique imparfaitenent peut-être) mes
projets, dans Maïna. Cette fois, ma tàche
et plus facile. Il s'agit, il est vrai, de mettre sous les yeux une autre religion, le
culte d'Odin : Mais ici, je me borne au rôle

d'imitateur ; et il y aurait peut-être encore quelque mérite à rendre même avec quelque imperfection la poésie d'un écrivain tel que l'auteur de la Messiade,

Le but de Klopstock en écrivant le poème d'Hermann, était de ranimer le patriotisme chez les Allemands; et il a donné à sa poésie, pour y parvenir, tant d'énergie et de véhémence, qu'elle soulève notre enthousiasme dès le commencement.

Je fais suivre ce poème d'une autre imitation en vers, de la production la plus originale de J. Paul Richter, cet écrivain que Mme de Staël n'hésite pas à placer au premier rang des romanciers Allemands. Enfin, je clos le livre par un poème de ma façon, l'*Amour et la Fortune*, où l'on verra que je ne suis pas en reste de gaieté, et (qu'on me pardonne ce mot) parfois de satire.

Ah ! qu'un rayon , qu'un éclair d'espérance
Perce la nuit qui voile son pays !
Qu'un seul guerrier ose saisir la lance ,
Qu'un seul instant à ses yeux soit promis !....

Mᵐᵉ AMABLE TASTU.

HERMANN [1],

CHANTÉ PAR LES BARDES

WERDOMAR, KERDING ET DARMONT,

Scène lyrique

IMITÉE DE KLOPSTOCK.

————◆————

WERDOMAR.

Sur le sombre rocher où croît la mousse antique,
Bardes, asseyons-nous! et qu'un chant frénétique
Agite sur le luth la corde des douleurs :
Arrêtons en ce lieu notre course et nos pleurs;
Que nul n'aille plus loin; là, sur l'herbe flétrie,
Gît, baigné dans son sang, l'espoir de la patrie.

Immobile, il est là sous ces rameaux de pins,
Lui, le secret effroi, la terreur des Romains,
Lors même qu'au milieu de leurs danses guerrières,
Sa Tusnelda captive, en baissant ses paupières,
Suivait en frémissant le char de son vainqueur :

Non, ne regardez pas ! qui pourrait sans douleur,
Voir ce noble héritier des héros de l'histoire ;
Et la lyre en ce jour ne veut qu'un chant de gloire,
Pour aller dans la mort couronner l'immortel.

KERDING.

Comment mêler ma voix à cet hymne éternel ?
Vous voyez sur mon cou les boucles de l'enfance,
Et mon bras faible encore agite mal la lance,
Que la main d'un héros m'a remise en ce jour.
Mon luth est sans accord pour peindre tant d'amour :
Ah ! fondez moins d'espoir sur le jeune homme, ô pères !
Laissez ces longs cheveux essuyer mes paupières,
Avant que mes accents aillent dans Walhalla,
Célébrer le plus grand des enfants de Mana.

DARMOND.

Et moi, je verse aussi des pleurs brûlants de rage :
Pourquoi les arrêter dans leur brusque passage ?
Coulez, larmes d'amour, larmes de la fureur !
Coulez pour retremper le fer d'un bras vengeur !
Qu'un sang lâche et souillé vienne rougir la lance !
Compagnons, écoutez le cri de ma vengeance !
Que ses vils assassins reçoivent le trépas,
Loin du trouble et du bruit des glorieux combats !

¿WERDOMAR.

Voyez ce noir torrent qui des rochers s'élance;
Dans ces gouffres affreux, orgueilleux il s'avance,
En traînant après lui les pins déracinés;
Le flot les pousse ici l'un à l'autre enchaînés,
Pour le bûcher d'Hermann. Bientôt, pensée amère,
Le beau corps du héros ne sera que poussière,
Les longs et tristes pleurs de la patrie en deuil,
Ranimeront les fleurs de son triste cercueil.
Mais, Bardes, que du moins, en sa tombe sacrée,
Même au sein de la mort, sa cendre soit parée,
De son glaive vengeur, l'effroi du conquérant.

Hermann, arrête-toi dans ton essor brillant,
Vers les champs fortunés où (1) Siegmar t'appelle !
Sois témoin des regrets dont ton peuple fidèle,
Honore le trépas du plus grand des héros.

KERDING.

Cachons à Thusnelda la grandeur de ses maux;
Taisons à cette épouse, à cette tendre mère,
Que son Thumeliko vient de perdre son père.
Après avoir marché les bras chargés de fers,
Devant ce char vainqueur qu'encense l'univers;

(1) Siegmar était le père d'Hermann.

Celui qui pourrait dire à cette infortunée,
Les maux qui font gémir notre lyre étonnée,
Aurait le cœur plus dur que celui d'un Romain.

DARMOND.

O funestes arrêts du sévère destin !
Implacables fureurs ! A qui donc dois-tu l'être,
O fille malheureuse ? A Ségeste, à ce traître,
Qui dans l'ombre aiguisait un homicide fer.
Ne le maudissez pas : déjà du sombre enfer,
La triste Héla mugit d'une voix vengeresse ;
Et la mort lui répond par un cri d'allégresse.

WERDOMAR.

Que Ségeste aujourd'hui ne souille point nos chants ;
Mais que plutôt l'oubli sur ses restes sanglants,
Abaisse les replis de ses ailes pesantes.
Les cordes de ces luths sous nos mains frémissantes
Au nom chéri d'Hermann, doivent craindre l'horreur,
De vibrer pour un nom que réprouve l'honneur.
Hermann ! Hermann ! c'est toi, l'idole des cœurs nobles,
Toi qui frémis au nom de ces chaînes ignobles,
Que traînaient nos vainqueurs pour enchaîner nos mains,
C'est toi seul aujourd'hui que chantent les Germains.

Digne et terrible sœur des désastres de Cannes!
Toi qui fis sous les corps des légions Toscanes
Pousser de longs soupirs au trône des Césars,
Bataille de Winfeld : quand les cheveux épars,
Les yeux étincelants et les armes sanglantes,
Tu parus au milieu des harpes murmurantes
Du brillant Walhalla, quelle fut ta splendeur,
Au milieu des héros de ce monde, vainqueur.
Dans le champ de la mort pour effacer tes traces,
En vain Germanicus, en pleurant leurs disgrâces,
Voulut cacher les os des malheureux vaincus;
A la clarté du jour nos mains les ont rendus;
Maintenant leurs débris sont épars sur la plage,
Afin qu'à nos neveux ils aillent d'âge en âge,
Apprendre les succès qui tranchèrent leurs jours ;
Et pour qu'au mois des fleurs ils entendent toujours,
Les accords des clairons et les danses guerrières,
Faire éclater leur joie auprès de leurs poussières.

Ce n'était rien encore au gré de sa fureur,
Il voulait, le héros, dans sa bouillante ardeur,
Donner aux fiers Romains de nouvelles défaites;
Déjà sans la lenteur et les haines secrètes,
De tous les rois jaloux, Cœcina n'était plus
Qu'un triste compagnon des malheurs de Varus.

Mais un dessein plus noble agitait sa grande âme ,
Près de l'autel de Thor , à minuit , sur la flamme
Qui jetait sur les murs ses mourantes lueurs ,
Sur la chair embrasée , évoquant ses douleurs ,
Il dit : — Je le ferai. — Rien ne peut le distraire ;
C'est à peine s'il voit la jeunesse guerrière ,
Former des chœurs joyeux, franchir des boucliers ,
Animer les plaisirs en créant des dangers.

Loin de la verte Eryn, sur une froide plage ,
Le pilote vainqueur des flots et de l'orage,
Du sommet des rochers contemple avec terreur ,
Les rayons du soleil éteindre leur splendeur ,
Sous les flots embrasés qu'une montagne lance :
Ses épais tourbillons annoncent à l'avance
La flamme et les rochers que recèle son sein :
Tel les succès d'Hermann présageaient son dessein,
D'aller camper un jour dans les plaines de Rome.

C'est là que ce héros que l'univers renomme,
Devait trouver la mort ou vaincre les Romains :
Là, dans le Capitole , aux yeux de ses Germains ,
Près du trône brillant, sous les voûtes ornées ,
Où le grand Jupiter pèse les destinées.
Il devait demander à ce Tibre orgueilleux ,

A la patrie en deuil, aux ombres des aïeux,
Justice de nos maux, justice de leurs guerres.

Mais pour que Rome en pleurs frémit de ces misères,
Que si long-temps sa haine a fait peser sur nous,
Il fallait que son bras fît briller entre tous,
Ce glaive si puissant de chef des batailles :
Et la lyre en ce jour pleure ses funérailles.

DARMOND.

Que ne vas-tu t'armer de ton glaive vengeur,
Héla! viens seconder ma trop juste fureur.

KERDING.

Voyez, dans Walhalla, sous les sacrés ombrages,
Où le sonffle immortel, en glissant sur les plages,
Apporte la jeunesse et l'amour aux héros;
Voyez, pour célébrer des triomphes si beaux,
Les harpes des élus saluer sa présence.
Du milieu de leurs rangs, son père heureux s'avance,
Agitant le laurier, ce flambeau du cercueil;
Mais un sombre nuage obscurcit son accueil,
Car Hermann n'ira plus aux yeux de Rome altière,
Au tribunal des Dieux interroger Tibère.

NOTES.

(1) Hermann est connu dans l'histoire romaine sous le nom d'Arminius.

Laissez ces longs cheveux essuyer mes paupières,
Avant que mes accents aillent dans Walhalla....

Le Walhalla était le paradis des peuples qui suivaient le culte d'Odin.

Célébrer le plus grand des enfants de Mana.

Mana était l'un des héros titulaires de la nation germanique.

Que ses vils assassins reçoivent le trépas,
Loin du trouble et du bruit des glorieux combats!

Hermann fut assassiné par les chefs germains jaloux de ses succès, au moment où il méditait le dessein d'affranchir le monde du joug des Romains.

O funestes arrêts du sévère destin!
Implacables fureurs! A qui donc dois-tu l'être,
O fille malheureuse! A Ségeste, à ce traître...

Ségeste, père de Tusnelda, était l'auteur de la conspiration qui fit périr Hermann.

Ne le maudissez pas : déjà du sombre enfer,
La triste Héla mugit d'une voix vengeresse....

Héla était la divinité de l'enfer, d'après le polythéisme des Germains et des Scandinaves.

Digne et terrible sœur des désastres de Cannes !
Toi qui fis sous les corps des légions Toscanes
Pousser de longs soupirs au trône des Césars,
Bataille de Winfeld....

Winfeld est le nom donné par les Germains à la bataille qu'ils gagnèrent contre Varus. C'est une des plus désastreuses défaites qu'aient supportées les Romains. Voici en quels termes M. A. Hugo parle de cette bataille :

« La Gaule se trouva tranquille pendant plusieurs années. La
« paix, si chère aux peuples agriculteurs, semblait assurée pour
« long-temps ; une armée romaine occupait la Germanie, et cette
« armée, forte de plusieurs légions, était suffisante pour faire
« respecter la puissance de Rome et le territoire de ses tribu-
« taires. Tout-à-coup la nouvelle d'un grand désastre vint jeter
« la terreur dans les provinces Gauloises et Italiennes. Quintilius-
« Varus, qui avait remplacé Tibère en Germanie, y excita au
« plus haut point, par ses rapines et par ses vexations, le mécon-
« tentement des peuples Germains. Trop faibles pour combattre
« ouvertement avec les légions de Varus, ces peuples eurent re-
« cours à la ruse. Leur chef intrépide, Hermann (que les Latins
« nommaient Arminius), attira les Romains dans une embus-
« cade près du Wéser, et détruisit complètement l'armée de Va-
« rus. Le général se tua lui-même pour ne pas survivre à cette
« défaite honteuse.

« A cette nouvelle, Auguste parut un moment avoir perdu la
« raison; il parcourait son palais, se frappant le front, déchirant
« ses vêtements, et répétant avec douleur : Varus! Varus! rends-
« moi mes légions! — Bientôt, dans l'âme du vieillard, le déses_
« poir fit place à la terreur; il crut voir les Germains aux portes
« de Rome, et les Gaulois soulevés servant d'avant-garde aux bar-
« bares. Sa consternation fut si grande, qu'il fit expulser immé-
« diatemet de Rome et de l'Italie tous les Gaulois et tous les Ger-
« mains qui s'y trouvaient, pour quelque affaire que ce fût,
« même ceux qui servaient dans la garde prétorienne. Il n'y eut
« cependant aucun soulèvement dans la Gaule, et le mouve-
« ment des Germains s'arrêta sur le champ de bataille où l'hon-
« neur romain avait reçu une si rude atteinte. »

Dans le champ de la mort pour effacer tes traces,

En vain Germanicus, en pleurant leurs disgrâces,

Voulut cacher les os des malheureux vaincus;

A la clarté du jour nos mains les ont rendus....

Ce fait est confirmé par l'histoire, et M. de Châteaubriand en
parle dans ses Martyrs.

« Nous gravîmes (Eudore et Zacharie) des monticules irrégu-
« liers, formés, comme je le vis bientôt, par les débris d'un ou-
« vrage romain. De grands chênes croissaient dans ce lieu, sur
« une autre génération de chênes tombés à leurs pieds. Lorsque
« nous fûmes arrivés au sommet des monticules, je découvris l'en-
« ceinte d'un camp abandonné.

» Voilà, me dit l'esclave, le bois de Teuteberg et le camp de
« Varus. La pyramide de terre que vous apercevez au milieu est
« la tombe où Germanicus fit renfermer les restes des légions
« massacrées. Mais elle a été rouverte par les barbares; les os des
« Romains ont été de nouveau semés sur la terre, comme l'attes-

» tent ces crânes blanchis, cloués au tronc des arbres. Un peu plus
» loin, vous pouvez remarquer les autels sur lesquels on égorgea
» les centurions des premières compagnies, et le tribunal de ga-
» zon d'où Arminius harangua les Germains.

Déjà, sans la lenteur et les haines secrètes
De tous les rois jaloux, Cœcina n'était plus
Qu'un triste compagnon des malheurs de Varus.

Cœcina était le lieutenant de Varus. Hermann se disposait à
marcher contre lui lorsque la mort vint le surprendre.

Mais un dessein plus noble agitait sa grande âme,
Près de l'autel de Thor, à minuit sur la flamme...

Les Gaulois et les Germains offraient très-souvent des victimes
à leurs Dieux. On connaît l'usage barbare des premiers d'im-
moler des victimes humaines. Mais à cette exception près, leurs
cérémonies religieuses avaient des rapports avec celles des païens ;
et les Grecs et les Romains avaient cru trouver leurs Dieux dans
la Gaule et dans la Germanie. Thor dont il est question ici, était
le Dieu de la guerre.

Loin de la verte Eryn, sur une froide plage....

Eryn est l'ancien nom de l'Irlande. La montagne volcanique à
laquelle il est fait allusion dans cette stance est l'Hécla en Is-
lande.

Voyez dans Walhalla sous les sacrés ombrages,
Où le souffle immortel, en glissant sur les plages,
Apporte la jeunesse et l'amour aux héros.....

La religion des Scandinaves était éminemment propre à inspirer un courage fondé sur le mépris de la mort.

« Le *Nistheim*, enfer des Scandinaves, (1) était composé de neuf mondes, réceptacles affreux des criminels, des lâches et de ceux qui mouraient sans gloire. Dans le premier réside *Héla* ou la mort : la moitié de son corps est bleue, le reste a la couleur de la chair vivante ; et ces deux nuances marquent le passage de l'existence à la dissolution.

» Le seuil de sa porte est un précipice... Près de là se découvre le sombre *Nastroud* ou le rivage des cadavres. Là s'élève une maison, dont les fenêtres sont ouvertes du côté du nord, et laissent pénétrer le grésil et les rafales. Ses cloisons sont tressées de serpents, dont les têtes, tournées vers l'intérieur, lancent des dards, mêlent des sifflements au bruit de l'ouragan, et distillent des poisons qui s'écoulent en un lac verdâtre, où sont jetés les assassins, les parjures et les adultères.

» Plus loin est une forêt de fer, dont la mousse est une rouille épaisse : c'est là que sont enchaînés les géants ennemis du ciel ; mais un jour, secondés de *Surtur*, prince des mauvais génies, ils doivent rompre leurs chaînes et détruire le ciel et la terre ; alors arrivera le crépuscule, ou le dernier jour des Dieux, prédit par la *Volupsa* (2).

» Cette forêt métallique est environnée de trois côtés par une mer couverte de brouillards épais et de glaces vagabondes, sur lesquelles se tiennent les ombres des débiles vieillards et des guerriers pusillanimes.

» Voici maintenant quel lieu de délices était promis aux valeureux Scandinaves.

» *Asgard* était le pays des *Ases*, peuple de Scythie, que le roi Odin avait entraînés à des expéditions lointaines. Ce peuple, qu'il établit dans le nord, regretta long-temps la douce température

(1) Extrait de la Gaule poétique de Marchangy.
(2) La Volupsa, stroph. 36 et 37.

et la fécondité d'*Asgard*, situé entre le Pont-Euxin et la mer
Caspienne. Les vieillards, comme il est d'usage, vantaient l'ancien temps et les charmes de la primitive patrie, dont un conquérant les avait sevrés. Bientôt des récits exagérés, des traditions
mensongères firent de cette patrie perdue un lieu de prédilections,
que les divinités et les héros étaient seuls dignes d'habiter. Odin
mit à profit ces regrets et y mêla les douceurs de l'espérance. Il
persuada à ses sujets que, s'ils mouraient en braves, leurs âmes
s'envoleraient à *Asgard*; ainsi fut créé l'Olympe scandinave.

« Selon l'*Edda* et l'*Amavaal* d'Odin, le palais de *Walhalla* s'é-
levait à *Asgard*, à l'extrémité méridionale du ciel : c'était là que
résidaient les héros après leur mort, et ils y prenaient leurs rangs
d'après le nombre des ennemis qu'ils avaient tués. Nul ne péné-
trait dans le *Walhalla*, s'il n'avait péri de mort violente : aussi les
femmes qui accouchaient d'un fils demandaient-elles aux Dieux
qu'il mourût dans les combats ; et souvent les guerriers et les vieillards qui se sentaient malades, s'étranglaient ou se perçaient de
leurs épées, pour échapper à l'ignominie d'une mort naturelle.

« Dès l'aube du jour, la bergère *Gygur*, assise sur une colline,
réveille les hôtes heureux de *Walhalla* aux sons de la harpe.
Bientôt *Fialar*, ou le coq rouge, perché sur un palmier d'or,
fait entendre son chant national : c'est le signal des jeux guerriers. Aussitôt les habitants d'*Asgard* sortent de leurs pavillons :
ils sont couverts de leurs armes ; c'est le seul bien qu'ils aient
voulu garder de tous ceux qu'ils eurent sur la terre. Leur foule
héroïque traverse cinq cents portes resplendissantes, pour se rendre, au son des clairons, dans la lice préparée pour le combat :
là, ils s'attaquent mutuellement, se font de larges blessures et se
donnent le trépas ; mais ce trépas est aussi court qu'un léger
sommeil, et interrompt à peine leur immortalité ; car, aussitôt
que l'heure du repos et des festins est arrivée, la lyre de *Braga*
les ressuscite, et des vierges, roses comme l'aurore, viennent pan-
ser leurs blessures.

« Les braves retournent dans les salles de *Walhalla* où le ban-
quet est préparé. Les chairs brûlantes du sanglier *Scrimner* sont
servies sur les disques des boucliers ; et les *Valkyries*, couvertes
d'armes blanches, font couler la bière et l'hydromel dans les crânes des vaincus. Vidant à la lueur de mille flambeaux les coupes
écumantes, ils savourent à longs traits l'allégresse et l'oubli des
maux.

« Pendant le repas, les fées célèbrent sur la harpe les exploits
des convives ; elles racontent les guerres des Dieux et des géants ;
la victoire du dieu *Thor* contre le grand serpent ; la descente
d'*Hermode* aux enfers ; les délices du voluptueux séjour de *Gimle*
et de *Glasiswal*. Pendant ces concerts, *Iduna* offre aux assistants
des pommes qui entretiennent en eux une éternelle jeunesse. Autour de la table folâtrent les bons génies et les compagnes de
Frigga.

« Odin , le plus puissant des immortels , est assis sous le frêne
Idrasil. La mémoire et l'esprit, sous la forme d'un corbeau et d'un
écureuil , viennent tour à tour raconter à son oreille tout ce qui
se passe sur la terre.

« Ce dieu ne daigne pas toucher aux portions du festin qui lui
sont servies ; mais il savoure le breuvage qui inspire l'art des vers.
Ce breuvage, composé avec du miel et le sang de *Weiser*, était
gardé par la belle *Gundula*, Odin la séduisit, s'enivra près d'elle
de la boisson divine , et se transforma tout-à-coup en un aigle
audacieux.

« Tel est le paradis des Scandinaves. Un grand pont , formé
de l'arc-en-ciel , est son unique entrée ; la garde en est con-
fiée à *Heimdal* , dont les dents sont d'or pur. Ce dieu vigilant
voit dans la nuit comme dans le jour ; il dort plus légèrement
qu'un oiseau ; il entend croître l'herbe des prés et la laine des
agneaux. »

La nouveauté des sons et cette grande lumière m'embrasèrent d'un tel désir de savoir leur cause, que jamais je n'en ressentis d'une pointe si vive.

DANTE.

UN SONGE.

AVERTISSEMENT.

Cette pièce est imitée de J. Paul Richter, cet écrivain Allemand, que Mme de Staël n'hésite pas à placer au premier rang des écrivains. Le morceau dont il s'agit est d'une originalité remarquable, et quoiqu'il ne se trouve pas en vers dans J. Paul, le sujet m'en a paru poétique, et je n'ai pas hésité un moment à en faire la paraphrase.

Cette fiction semble avoir été composée pour montrer que l'âme, lors même que Dieu n'existerait pas, ne serait pas exempte de souffrance.

Ecoutons plutôt ce qu'en dit Mme de

2

Staël qui a traduit ce morceau en entier dans son Allemagne.

« Bayle a dit quelque part que l'athéisme ne devrait pas mettre à l'abri de la crainte des souffrances éternelles : c'est une grande pensée, et sur laquelle on peut réfléchir long-temps. Le songe de J. Paul, que je vais citer, peut être considéré comme cette pensée mise en action.

« La vision dont il s'agit ressemble un peu au délire de la fièvre, et doit être jugée comme telle. Sous tout autre rapport que celui de l'imagination, elle serait singulièrement attaquable. »

Puis elle dit plus loin : « Je n'ajouterai point de réflexions à ce morceau, dont l'effet dépend uniquement du genre d'imagination des lecteurs. Le sombre talent qui s'y manifeste m'a frappée, et il me paraît beau de transporter ainsi, au-delà

de la tombe, l'horrible effroi que doit
éprouver la créature privée de Dieu. »

« Le but de cette fiction, dit J. Paul,
« en excusera la hardiesse, si mon cœur
« était jamais assez malheureux, assez des-
« séché pour que tous les sentiments qui
« affirment l'existence d'un Dieu y fussent
« anéantis, je relirais ces pages; j'en serais
« ébranlé profondément, et j'y retrouve-
« rais mon salut et ma foi. Quelques per-
« sonnes nient l'existence de Dieu avec
« autant d'indifférence que d'autres l'ad-
« mettent; et tel y a cru pendant vingt-
« années, qui n'a rencontré que dans la
« vingt-unième la minute solennelle où il a
« découvert avec ravissement le riche apa-
« nage de cette croyance, la chaleur vivi-
« fiante de cette fontaine de naphte. »

UN SONGE.

I.

Quand, dans l'heureuse enfance, on nous dit qu'à minuit,
A l'heure où le sommeil s'abaisse sur notre âme,
Les morts à la lueur d'une lugubre flamme,
Vont se glissant dans l'ombre épouvanter la nuit,
Nous frissonnons d'horreur, et la mort nous effraie,
Nous écoutons un spectre en la voix de l'orfraie;
Et quand l'église antique hérisse ses vitraux,
Seuls dans l'obscurité nous détournons la vue.
Sur l'enfance qui fuit la terreur répandue,
Bien plus que ses plaisirs, pendant notre repos,
Se plaît à voltiger sur notre âme assoupie.
Ah! de ces heureux feux ne privez point la vie;
Les songes les plus noirs ne sont pas sans douceur;
A l'ivresse des sens je les préfère encore;
Ils ramènent pour nous cet âge de bonheur
Où le fleuve des jours réfléchissait l'aurore.

II.

Pendant un soir d'automne , au bord calme des eaux ,
Je dormais balancé sur les ailes d'un songe ,
Et long-temps égaré par le léger mensonge ,
Je me vis tout-à-coup dans le champ des tombeaux.
Onze fois , le marteau de l'horloge pesante
Envoyait à la mort la plainte gémissante.
Les tombes s'entr'ouvraient , et , parfois dans la nuit ;
Du temple saint au loin les portes abritées ,
Par d'invisibles mains fortement agitées ,
S'ouvraient et se fermaient avec un très-grand bruit.
Je voyais sur les murs fuir des ombres légères ,
Fantômes vacillants , veuves d'un corps mortel ,
Au milieu du silence , elles erraient solitaires.
De spectres effrayants l'essaim continuel ,
S'élevait dans les airs , semblable à ces nuées
De corbeaux dévorants qui suivent les armées :
Mais les enfants encor dormaient dans leurs tombeaux.
Dans le ciel s'étendait un nuage grisâtre ,
Épais et étouffant , comme les feux de l'âtre ,
Qu'un géant repliait et pressait à longs flots.
Un torrent mugissait au-dessus de ma tête ;
Et mes pieds s'agitaient sur le sol vacillant ,
Qui sentait dans ses flancs se former la tempête.
Le temple sur ses murs se mouvait en tremblant ,
Et des airs ébranlés les bouches atterrantes.

Hurlaient en frémissant des clameurs déchirantes.
Quelques pâles éclairs augmentaient mon horreur;
Enfin je fus poussé par ma propre frayeur,
A chercher un asile au fond du sanctuaire.
Deux basilics brillants, sous le cintre des murs,
Debout sur le perron, levaient leur tête altière
Et par fois sur le sol lançaient des feux impurs.

III.

Je m'avance au milieu des ombres inconnues,
Sur qui les ans gravaient leur outrage éternel;
Ces ombres se pressaient autour du saint autel,
Ainsi que des ramiers qui vont fuir vers les nues;
Et leur poitrine seule à mes yeux étonnés
S'enflait et respirait avecque violence.
Un mort qui depuis peu, dans ce lieu de silence,
Aux planches du cercueil voyait ses os donnés,
Dormait seul étendu sur son drap mortuaire;
Son sein paisible encor sommeillait sans douleur,
Et d'un songe riant l'allégresse légère
Du souris sur son front imprimait la douceur.
Mais les pas d'un vivant sur ces dalles austères
Font enfuir le sommeil et les songes heureux:
Il ouvre avec effort ses pesantes paupières;
A la place de l'œil s'ouvrait un vide affreux;
A celle de son cœur une large blessure;

Il soulève ses mains, les unit pour prier,
Et ses bras s'allongeant, ne pouvant se plier,
Se détachent du tronc comme une chair impure.

IV.

Au bout du temple obscur, dans de sombres clartés,
Se montrait le cadran des heures éternelles ;
Mais l'aiguille manquait, et les chiffres fidèles
Ne marquaient pas des ans les pas précipités.
Seulement d'un bras noir la marche triste et lente
Se mouvait sans relâche, emportait les instants,
Et des morts assemblés la foule impatiente
Cherchait avec effort à déchiffrer le temps.

V.

Une figure, alors, sublime, radieuse,
Paraissant aux regards de la foule pieuse,
Descendit lentement sur l'autel du saint lieu ;
Elle avait des douleurs une immortelle empreinte,
Et d'une seule voix, tous les morts avec crainte,
S'écrièrent :— O Christ ! Christ, n'est-il point de Dieu !
—Il dit: — Il n'en est point. —Alors toutes les ombres
Tremblèrent avec force ; et Christ continua :
— J'ai parcouru des cieux les sphères sans nombres,
Au-dessus des soleils mon ardeur m'entraîna ;

Je n'ai point vu de Dieu ; jusqu'aux confins du monde

J'ai dirigé mon vol, et le monde s'est tu :

Puis sondant du cahos l'obscurité profonde,

Je me suis écrié : — Mon père, où donc est-tu ?

Mais je n'ai rien ouï que l'eau fangeuse et lente,

Qui tombait goutte-à-goutte au sein d'un gouffre affreux,

Et l'orage éternel, sans frein, tumultueux,

A seul poussé vers nous sa plainte mugissante.

Puis, des horribles bords de l'abîme profond,

Relevant mes regards vers la voûte céleste,

Je n'ai vu qu'un orbite vide, noir, et sans fond,

Où roulait du hasard le char lourd et funeste.

L'immense éternité, debout sur le cahos,

Rongeait avec effort son épais diadême,

Et puis se dévorait lentement elle-même.

Pleurez, pleurez, ô morts ! Redoublez vos sanglots !

Que des cris déchirants chassent au loin les ombres !

Car c'en est fait. — Ainsi, dans le fort des hivers,

Les rayons plus brillants qui raniment les airs,

Font fuir en un instant au fond des gorges sombres,

Les frimas condensés qui blanchissent les champs :

Tel, et plus vite encore les ombres éplorées

S'envolent à mes yeux, et les dalles sacrées

Bientôt ne portent plus que mes genoux tremblants.

Mais, tout-à-coup, ô triste, horrible spectacle !

Les enfants à leur tour sortis de leurs tombeaux

Accoururent en foule au pied du tabernacle ;
Et tous, devant le Christ , faisant parler leurs maux,
Lui dirent. — O Jésus, n'avons nous pas de père ?
—Le Christ, alors, de pleurs inondant sa paupière ,
Leur répondit: — Enfants, la triste éternité
Nous a fait orphelins. — A ces mots, comme l'onde
S'abiment les enfants et le temple agité ;
Et, tel qu'un noir essaim , l'édifice du monde
S'écroula devant moi dans son immensité.

Roumazières , novembre, 1841.

Qui blâmerait ces nœuds ? L'hymen n'est qu'une mode,
Un lieu de fortune, un veuvage commode,
Où chaque époux, brûlé d'adultère désirs,
Vit, sous le même nom, libre dans ses plaisirs.

GILBERT, satire contre le 18ᵉ siècle.

—◦◦◦◦—

AVANT-PROPOS.

L'amour venant visiter la terre après plusieurs siècles d'exil, m'a paru un sujet entièrement neuf. J'ai pensé que la poésie ne reproduirait pas sans quelques charmes l'indignation de Cupidon, en voyant le monde devenu si prosaïque, si amoureux du réel, et par conséquent si éloigné de l'illusion, compagne inséparable de la poésie et de l'amour.

On sent que pour arriver à ce but, j'ai

été obligé d'entrer dans quelques détails critiques sur notre siècle, au sujet de la littérature et des mœurs. Mais je les ai présentés de manière à ce que je puisse m'écrier encore avec Millevoye :

« Jamais surtout mon vers qu'aucun fiel n'envénime,
« N'immole un honnête homme au besoin d'une rime.
« Je hais le satirique et son rire moqueur;
« Il brille par l'esprit; mais aux dépens du cœur. »

J'ai tracé des portraits : que chacun s'y reconnaisse ; et on peut appliquer à ma pièce de vers la devise de la comédie : *Castigat ridendo mores.*

l'Amour et la Fortune.

POÈME HÉROÏ-COMIQUE.

I.

« Chantons, amis, chantons l'amour et la fortune :
« Laissons l'ambitieux de sa plainte importune
        « Tourmenter le destin :
« Le printemps de la vie, heureux, nous trouve encore
« Hâtons-nous de cueillir la fleur qui vient d'éclore
        « Sur notre gai chemin.

2

« La fortune a-t-on dit est un bien éphémère ,

« Une vapeur d'azur s'évaporant légère ,

   « Sous l'effort des autans :

« Arrivent les malheurs , j'use de ma richesse ,

« Et content je me ris dans ma vive allégresse

   « Des complots des méchants.

3

« Que sur les froids calculs , l'homme érudit pâlisse ,

« Au milieu des travaux que la mort le saisisse ,

   « Et l'entraîne au tombeau :

« Moi, semblable au ruisseau , je cours sur la verdure ,

« Et le vent frais et doux qui dans les airs murmure ,

   « M'endort sous un berceau.

4

« Que l'amoureux soupire en songeant à sa belle ,

« Que ses pensers souvent se dirigeant vers elle ,

   « Il rêve le bonheur :

« Moi je suis inconstant , et, semblable aux abeilles ,

« Je veux sans cesse errant sur les roses vrmeilles

   « Savourer leur douceur »

II.

Par ces chants , Mélidor , au pâle crépuscule,
Dans ses jardins charmants caressait son loisir.
Les astres dans l'azur commençaient à blanchir :
Leurs mourantes lueurs fuyaient comme la bulle,
Sur le miroir limpide et mouvant des ruisseaux ,
Et puis on les voyait au milieu des roseaux
Éteindre les reflets de leur splendeur naissante.
Les oiseaux dans leurs nids, sous la feuille tremblante,
Soupiraient à la nuit leur dernière chanson.
Tout rentrait dans le calme autour de l'horizon.

III.

Lancé sur un rayon dans l'immense étendue ,
Comme un trait enflammé dans les plaines des airs,
L'amour enveloppé dans une épaisse nue ,
Revenait visiter cet antique univers.
Son cœur battait de joie en voyant cette terre ,
Où si long-temps l'encens parfuma ses autels,
Où , dans des temples saints, sur le marbre ou la pierre,
Retentirent au loin les hymnes des mortels.
Ici c'était Milet ; là brillait Mytilène :
Plus loin se déroulaient les rivages d'Athène.

Et toi qui vis Héro, ravissante Sestos ;

Il ne te passa pas sans songer à Léandre ,

Et son triste penser des rives du Méandre ,

Alla dans son essor s'arrêter à Paphos :

IV.

Quand exilé long-temps sur des lointains rivages ,

Le voyageur revient sur les heureuses plages ,

Ou bercé sur les fleurs il coula son printemps :

A chaque pas qu'il fait sur la terre si chère ,

Où gémit son épouse , où le pleure un vieux père ;

Il compte les beaux jours que lui ravit le temps.

Tel , en se balançant dans l'océan des mondes ,

A milieu de ces feux qui décorent les nuits ,

L'amour en revoyant nos campagnes fécondes ,

Comptait en soupirant tous ses temples détruits.

V.

Mais déjà Cupidon avait touché la terre :

Dans de blanches vapeurs , sous sa longue paupière ,

A moitié recouverts étincelaient ses yeux ,

Il allait balançant son front si radieux :

De ses cheveux bouclés le vent soulevant l'onde ,

Exhalait dans les airs le parfum qui l'inonde.

Sous ses ailes d'azur brillait son carquois d'or.

Au bruissement léger d'une source limpide,

Dans un berceau fleuri reposait Mélidor.

L'amour le voit : « le temps dans sa course rapide

« A peut-être émoussé la pointe de ces traits ; »

Dit-il : et un sourire animait ses attraits.

« Essayons? » Aussitôt un trait part et s'envole ;

Mais la flèche se courbe et glisse sur son cœur.

« Sans doute cette fois j'aurai plus de bonheur : »

Et le second trait part, fuit avec sa parole :

Mais il s'émousse encore et ne peut le blesser.

Plusieurs autres après semblent le caresser

Alors l'amour jetant son carquois de colère,

De rage et de dépit colore ses regards.

Il s'avance vers lui, sa démarche est altière :

Mélidor le regarde avec des yeux hagards.

—Monstre! O toi qui te ris de l'effort de mes armes !

Toi qui peux résister au pouvoir de mes charmes !

Qui donc es-tu? Dis-moi? — Mon nom est Mélidor.

Favori de Plutus, ses biens sont mon domaine ;

Et chaque jour ce Dieu que son amour ramène,

Déchirant son bandeau vient m'apporter de l'or.

Vois-tu ces frais gazons, et ces charmants ombrages ;

Ces berceaux embaumés, tapissés de feuillages,

Ces bosquets ou le lis se mêle au frais jasmin.

Ecoute ce jet d'eau qui tombe en un bassin.

La fortune a paré cet asile paisible,

Ou l'on est à l'abri de la chaleur du jour....

— Eh ! Quoi ! La soif de l'or peut te rendre insensible,

Jusqu'à ne pas sentir les charmes de l'amour :

L'amour, ce sentiment dont la douce magie,

Au cœur tendre et sensible apporte le bonheur ;

L'amour qui bien souvent aux bornes de la vie,

Fait jeter aux mortels un soupir de douleur.

Tu ne tressailles pas ? L'aurais-tu méconnu ?

— L'amour, céleste esprit ! Qui peut l'avoir connu ?

Ce sentiment, je crois, est trop beau pour la terre.

Comment peut-il germer dans un cœur de matière ?

Quant à moi, dès long-temps je suis à le chercher ;

Et cet heureux amour est encore à trouver.

Jamais...—La gloire alors, la gloire aux ailes de flammes,

Dans son rapide essor doit emporter les âmes,

Et planant lentement dans des flots de clartés,

Inonde les humains de pures vérités.

Tel ; quand le peuple ailé qui charme les bocages,

Voit l'aigle audacieux voler vers les nuages,

Les dépasser encor dans son vol glorieux,

Battre l'air en cadence inondé de lumière ;

Des chantres des vallons s'émeut la troupe entière :

Chacun voudrait aller à l'oiseau radieux.

VI.

—Bel esprit, de nos jours, la fortune est la gloire.
Le poète indigent, réduit à mendier,
Offre ses tristes vœux aux filles de mémoire:
Sa lyre en vain soupire à l'ombre d'un laurier :
On est sourd à sa voix, on le regarde à peine,
Et la pâle indigence, infortuné l'entraîne
Dans la nuit du tombeau. L'argent rien que l'argent :
Tel est le cri de l'homme en ce siècle changeant ;
Et les humains partout encensent la richesse.
Étendu mollement sur des coussins pompeux,
Au milieu des brocarts promenant sa molesse ;
L'homme riche emporté, par des chevaux fougueux,
Voit la foule empressée à flatter la fortune,
L'entourer, envier sa richesse opportune.
En rampant on l'aborde, on flatte son orgueil ;
Dans tous les lieux l'attend le plus brillant accueil,
Et quelque soit le rang où le sort l'a fait naître,
Son nom, dans le pays et placé le premier.......
—Mais la tombe en s'ouvrant l'engloutit tout entier ;
Et sa futile gloire avec lui cesse d'être.
—Eh! comment donc trouver des mots pour les blâmer,
Quand on voit nos auteurs, comme un vil mercenaire,

Trafiquer bassement leur nom pour un salaire.

N'allons pas cependant par trop nous alarmer :

La fortune, après tout, est chose chérissable ;

Qui peut faire beaucoup est toujours fort aimable.

Je suis d'avis pour moi de suivre le torrent ,

Et malgré nos erreurs d'être toujours content.

Le langage aujourd'hui se traine sans parure ,

L'amour en traits de feu n'est plus que de l'enflure :

Et d'augustes esprits voyant tout froidement ,

Ne peuvent supporter qu'on s'exprime autrement.

Avec leur prisme obscur , ils dissèquent la vie ,

Et condamnent aux feux la touchante magie.

VII.

—Quel est donc le foyer où s'allument les cœurs ?

L'or froid peut-il suffire à des âmes de flammes ?

Est-il un bouclier contre l'attrait des femmes ?

Des mortels si changés apprends-moi les froideurs ?

—La douce illusion , ce soutien de la vie ,

A dirigé son vol vers une autre patrie

Chaque cœur en s'ouvrant s'abandonne au réel :

Et ballotté long-temps sur une mer fangeuse ,

Egaré mille fois sur l'océan rebel ;

D'Armide il croit presser la main voluptueuse,

Et ne peut arriver qu'à la satiété.

Puis, quand ses yeux enfin s'ouvrent à la clarté,

Abaissant son regard sur ce beau diadème,

Qu'à l'âge des amours, il vit brillant de fleurs ;

Fatigué du plaisir, et plus las de lui même,

Il ne voit qu'un souci rajeuni par ses pleurs.

VIII.

Que vous dirai-je encor, par tout l'homme volage

Sur l'aile de Plutus s'avance au mariage,

Dédaignant et l'amour et sa félicité.

Quand cédant à l'appas d'une belle fortune,

Un jeune homme galant courtise une beauté ;

Il lui dit : « Si le sort t'amenait l'infortune,

« Je pourrais te montrer tout mon amour pour toi.

« Mais, hélas ! Maintenant pour prouver que je t'aime,

« Je n'ai trop belle enfant, qu'un cœur muet pour moi,

« Puisque tu n'en crois pas ma parole elle-même.

« Comment donc t'annoncer que toi seule est l'idole,

« Que me montre l'amour, et qu'encense mon cœur »..

N'a-t-elle plus d'argent sa tendresse s'envole ;

Et sans perdre de temps il poursuit le bonheur.

Quant à ses vœux pressants se présente une belle,

Sa bouche exprime encor des aveux plus touchants ;

Mais son cœur ne dit rien, et son âme infidèle,

Sous le luxe des mots déguise ses penchants.

Dans ces temps pervertis tel est le mariage ;

Et ne comprenant pas cet amour tendre et doux,

A nos yeux aujourd'hui les amoureux son fous.....

— Arrête! Je ne puis t'écouter d'avantage.

O mortels dégradés! Hommes sans dignité!

Je m'enfuis de ces lieux, qu'a soumis Astarté.

IX.

Adieu, champs que j'aimais, où brillèrent mes flammes

Beaux lieux où mes attraits enflammèrent les âmes,

Je vous fuis à jamais, heureux d'être exilé.

De la belle Vénus je cours vers la sphère ;

Je te quitte sans peine, ô globe de matière,

Où jusques à mon nom, on a tout ravalé.

Toi qui me remplaças, ange des saints mystères!

Tu vas voir finir tes pouvoirs éphémères.

Moi, puisque sur la terre on éteint tous mes feux,

Je m'enfuis à jamais pour briller dans les cieux.

NOTES.

Lancé sur un rayon dans l'immense étendue,
Comme un trait enflammé dans les plaines des airs,
L'amour enveloppé dans une épaisse nue.

Je suppose ici, qu'après que le christianisme eût écrasé la religion des Gentils, Cythérée et Cupidon son fils se retirèrent dans la planète de Vénus, où ils établirent solidement, suivant toutes les apparences, le culte de la beauté et le règne de l'amour.

L'idée de faire descendre l'amour sur un rayon du crépuscule, et de le mettre aux prises avec un homme qui ne reconnaît que le culte de Plutus, a paru fort original aux personnes qui ont lu mon poème. Elles ont surtout beaucoup ri de la scène où

Cupidon brise ses armes en reconnaissant leur impuissance; et les éloges qu'elles ont généralement accordé au plan du poème, m'ont fait regretter de n'avoir pas mis plus de soin à sa composition.

Toute fois, j'espère trouver grâce auprès de mes juges, quand ils apprendront que j'avais à peine dix-huit ans lorsque j'ai composé ce poëme, qui est un de mes premiers.

Et toi qui vis Héro ravissante Sestos,

Il ne te passe pas sans songer à Léandre....

Tout le monde connaît la touchante histoire d'Héro et de Léandre, sur laquelle Musée a composé un poème qui est regardé comme un des chefs-d'œuvre qui nous restent de la littérature Grecque. Lord Byron, dans sa Fiancée d'Abydos, y fait allusion dans ce beau passage :

« Les vents mugissent sur les vagues d'Hellé comme dans cette
« nuit orageuse où l'amour, qui l'avait fait partir, oublia de
« sauver le jeune, le beau, l'intrépide nageur, unique espoir
« de la fille de Sestos! Oh! Lorsqu'il vit briller seul à l'horizon
« le fanal allumé sur la tour de son amante; envain le vent qui
« se levait, l'écume des brisants et les cris des oiseaux de mer
« l'avertissaient de rester; en vain les nuages dans les airs et les
« ondes au-dessous lui défendaient de partir : aveugle et sourd
« à leurs menaces, ses yeux ne virent que le phare de l'amour,
« seule étoile qui brillait pour lui dans le ciel; son oreille n'en-
« tendit que les chants de sa bien-aimée. »

Trad. B. Laroche.

Et son triste penser des rives du Méandre,

Alla dans son essor s'arrêter à Paphos,

On sait que les bosquets de Paphos, dans l'île de Chypre étaient consacrés à Vénus. Les païens croyaient que cette déesse les préférait à tous les autres lieux où elle avait des temples.

L'île de Chypre passait pour le pays le plus voluptueux de la Grèce. M. de Châteaubriand, dans ses *Martyrs*, nous dépeint en ces termes ces rivages enchanteurs :

« Le vaisseau vole à la gauche des Cyclades blanchissantes, rangées au loin sur la mer comme une troupe de cygnes; dirigeant sa course au midi, il vient chercher les rivages de l'île de Chypre. On célébrait alors la fête de la déesse d'Amathonte · l'onde molle et silencieuse baignait le pied du temple de Dionée, bâti sur un promontoire au milieu des vagues tranquilles. De jeunes filles demi-nues dansaient dans un bois de myrtes, autour du voluptueux édifice; de jeunes garçons qui brûlaient de dénouer la ceinture des grâces, chantaient en chœur la veillée des fêtes de Vénus. Ces paroles, apportées par le souffle des zéphirs, parvenaient sur la mer jusqu'au vaisseau :

« Qu'il aime demain, celui qui n'a point aimé! qu'il aime « encore demain, celui qui a aimé!

« Ame de l'univers, volupté des hommes et des dieux, belle « Vénus, c'est toi qui donnes la vie à toute la nature! Tu parais: « les vents se taisent, les nuages se dissipent, le printemps renaît, « la terre se couvre de fleurs, et l'Océan sourit. C'est Vénus qui « place sur le sein de la jeune fille la rose teinte du sang d'Ado- « nis; c'est Vénus qui force les nymphes à errer avec l'amour, « la nuit, sous les yeux de Diane rougissante. Nymphes, crai- « gnez l'amour: il a déposé ses armes; mais il est armé quand « il est nu! Le fils de Cythérée naquit dans les champs; il « fut nourri parmi les fleurs. Philomèle a chanté sa puissance, « ne cédons point à Philomèle.

« Qu'il aime demain, celui qui n'a point aimé! Qu'il aime « encore demain, celui qui a aimé!

« Ile heureuse, tout sur les bords délicieux atteste les pro- « diges de l'amour. Nautonniers fatigués des périls, attachez

« l'ancre à nos ports, et ployez à jamais vos voiles. Dans les bos-
« quets d'Amathonte, vous ne livrerez que de doux combats,
« vous ne craindrez plus les pirates, hors l'ingénieux amour, qui
« vous prépare des liens de fleurs. Ce sont les grâces qui filent
« ici les instants des mortels. Vénus, par un charme invincible,
« assoupit un jour les Parques au fond du Tartare : aussitôt
« Aglaé enlève la quenouille à Lachésis, Euphrosine le fil à
« Clotho, mais Atropos s'éveilla au moment où Pasithée allait lui
« dérober ses ciseaux. Tout cède à la puissance des Grâces et de
« Vénus !

   « Qu'il aime demain, celui qui n'a point aimé ! Qu'il aime
« encore demain, celui qui a aimé ! »

Bel esprit, de nos jours, la fortune est la gloire :
Le poète indigent, réduit à mendier,
Offre ses tristes vœux aux filles de mémoire....

   Notre siècle est anti-poétique; nul, je pense ne dira le con-
traire. Le jargon de la Béquille, comme dit Gilbert, a pris enfin la place du langage des dieux. Pourquoi aussi a-t-on inventé
l'habit noir, c'est lui qui est la cause de tous les dédains qui font
couler les pleurs de la poésie. Pauvre poésie ! Etre à la merci
des caprices de nos petits maîtres, qui osent maltraiter une vierge,
qui sait ? Peut-être parcequ'elle les a dédaignés. Mais quelle ca-
lomnie vient de sortir de ma bouche ! Eux l'objet du dédain de
la muse ! Ne devrais-je pas savoir qu'ils font de délicieuses pièces
de vers, dont les beautés sortent de toutes parts, excepté du côté
de la verve; et où sont semées de gentilles rimes qui envoient bien
souvent la raison conter ses mépris à la vierge du Pinde. Voilà
quels sont leurs titres pour se présenter au Parnasse, et pour pré-
tendre au nom de poète. Aussi, ils vous affirmeront avec le même
sang froid que ce libraire d'Edimbourg, qui écrivait à M. Mur-
ray : « On demande beaucoup ici, le Childe-Harold et la Cuisi-
nière; » ou bien qui lui exprimait combien il devait s'estimer

heureux d'avoir un aussi bon poète que lord Byron, comme on dirait un bon terrassier ou un bon maçon; ils vous affirmeront, dis-je, que rien n'est plus facile à faire que les vers, les mauvais (bien entendu); car ce n'est pas eux qu'il faut questionner sur les bons.

Malgré mon admiration pour le talent de ces messieurs, je dirai cependant que ce n'est pas d'eux que je veux parler dans les vers ci-dessus; qui sont une allusion à la triste fin d'Elisa Mercœur, morte à Paris de faim et de misère. Ce qui empêche en France qu'on ne sente bien la poésie, c'est l'énivrement du plaisir, et l'extinction du sentiment et de la sensibilité. Pour bien la sentir, il faut être poète soi-même ; et je n'entend pas par là, nos faiseurs de vers, mais ceux qui ont une âme susceptible d'admiration pour le beau et la nature. M. de Lamartine a présenté ces pensées avec tout le charme de son beau talent, dans la réponse à l'épitre de M. J. de Rességuier. Voila la pièce en entier :

Non, cette suave harmonie
Qui dompte et caresse tes sens,
Poète, n'est pas mon génie ;
Tu m'embaumes de ton encens!

Je ne suis que la folle brise
Qui court sur la plaine et les bois,
Souffle d'air que chaque herbe brise,
Et qui, par lui-même, est sans voix.

Mais s'il rencontre dans l'enceinte
Des vieux temples aux vents ouverts,
Près de l'autel la harpe sainte,
On entend de divins concerts.

Je suis cette haleine qui joue
Sur la harpe à l'accord dormant,
Est-ce donc la brise qu'on loue,
Ou l'harmonieux instrument ?

Je suis le doigt et toi le livre
Mon cœur te révèle le tien,
Mais chaque note qui t'enivre,
C'est ton encens et non le mien.

Ton cœur sonore de poète
Est semblable à ces urnes d'or,
Où chaque aumône que l'on jette
Résonne comme un grand trésor !

Des fleurs qu'à nos lyres tu donnes
Nous ne prenons que la moitié,
Mais les roses de nos couronnes,
Tu les parfumes d'amitié.

www.ingramcontent.com/pod-product-compliance
Lightning Source LLC
Chambersburg PA
CBHW060822180626

46818CB00002B/920